句集

霜琳

日高俊平太

Sourin ● *Hidaka Shunpeita*

樹芸書房

序にかえて

榎本 好宏

日高俊平太さんが、第二句集『霜琳』を出版した。日高さんは昭和十六年生まれだから私より四つ下である。そのせいか、幼少であったとは言え、七十一年前の太平洋戦争の余韻が作品の随所に残っている。恐らく親や周囲から聞いたあの戦争の話が、歳月をかけて、ご自身の中に形づくられてきた、一種の記録とも言ってよかろう。

最初に揚げる一句も、そんな中の一つかも知れない。

月待ちのラーゲリに遺書そらんじて

この句が句会に出された時、私も感動のあまり多くをしゃべったが、こうして句集に収められ改めてみると一層重い、人に二の句を継がせないものを擁している。

ラーゲリとは強制収容所の事を言うが、この場合のそれは、終戦一週間前に参戦したソ連軍が、日本人五十七万人を逮捕し収容したシベリアの収容所を指す。その日本人を未開地のシベリアで、強制労働に従事させた。

抑留者の帰国は、終戦の翌年の十二月から始まり、更に四年後に送還終了を発表したが、四万人余が帰ってこなかった。帰還兵の多くは京都の舞鶴港に帰ってきたが、帰還を待てど帰らぬ母の思いは、後に流行歌「岸壁の母」として菊池章子が歌い流行《はや》った。

前書きが長くなったが、日高さんの言う「ラーゲリに遺書そらんじて」には特別の意味がある。当時のソ連軍は、帰還させる日本人に、書いた物などは一切持たせなかったから、必要なものは記憶して帰るしかなかった。遺書を書いた人物は、現地で亡くなった友人なのだろう。その友人の遺書を、遺族に伝えるべく文面を記憶していたのだ。戦後発表された俳句や詩にもそうしたものが多くあったし、中には衣類の縫い目に潜ませて持ち帰った文もあったようだ。

もう一つ、この句の面白いところは、日高さん自身が当のラーゲリにモデルと一緒にいて、電燈を消された中、月明かりを待って友人の遺書を諳んじている——という現在形で読めることである。この歴史を現在形で書く俳句が私も好きでよく作る。例えば

蚊遣り炷き柳田国男また書庫へ　好宏

なる句がある。これは三年前に遠野へ行った折、柳田国男の旧居を訪ねての作だが、じいっと見詰めていると、書庫から柳田が出てきて「今夜は蚊が多いな」と言いながら、蚊取り線香に火を着けている場面が現出したのである。

その意味で『霜琳』の中にこんな一句も見付けた。

浮塵子《うんか》湧き出雲阿國発つ朝

がそれである。改めて書くまでもないが、阿國は、歌舞伎の創始者とされる女性。後に阿國歌舞伎を組織して全国を巡演し、庶民はもとより、武士や貴族の間にも人気を得たことで知られる。無名の阿國が、いままさに古里、出雲を出立せんとするところに、日高さんは立ち会ったのである。

そのことをよりリアリティーにしたのは、季語の浮塵子かも知れない。この虫、稲の大敵で、江戸時代の四大飢饉の一つは、この浮塵子と蝗による被害と言われているから、若い阿國を取り巻くように浮塵子が激しく舞っていたに違いない。その現場に日高さんが立ち会っていたと思えば、読者にとってはこの上なく面白いことである。

もう一つ『霜琳』の面白いところは比喩に頷ける作品が多いことだろうか。例えば

返り花学芸会のこゑのごと
月見草前世に残されしごとく
ありがたう竹の皮脱ぐやうにかな
悪友といふ蚕豆のごときもの

ここに書く「ごとく」「やうに」は直喩と呼ぶ比喩だが、私が俳句を始めて間もない三十代から四十代にかけての作句方法だった。〈漱石を読みゐて藁のやうな冬〉〈失明のやうに旦の柞散る〉〈酢のやうに十一月の藪の中〉のように、心中に顕ちてくる感性を、それを制御しようとする己れの

知性を排除しながら、師の森澄雄だけに向けて作り続けた。

　そして第一句集『寄竹』の序文に森澄雄はこんなことを書いてくれた。「比喩が単なる比喩としてではなく、こまやかな心緒の表現として繊細微妙にして適確、従来の俳句にない、これは榎本君独自の発明であろう」と。仮に、森澄雄以外の師についていたら、この比喩が認められていただろうかと思う。

　日高さんの場合、私より高齢で作句を始めているし、勤める会社の要職にあったゆえ、感性より知性が最優先されていたはずだから、掲句のような比喩の句の作句は困難を極めたはずである。にもかかわらず、日高さん流の感性の中から、よくぞ、これほどの句を作ってくれたものと思う。

　三年前、私は「航」なる俳誌を立ち上げたが、前記のような思いもあって、「『航』のこころざし」として、「現今の個性のない俳句作品に埋もれることをよしとせず、『航』はおのおのが持つ、無意識下のやわらかい自己の発現をめざす」を掲げたが、この志に添う、こうした作品が生まれたことを、私は嬉しく思う。

最後になるが、日高さんは戦中、中国の天津に住んでいたから、戦後大変な思いで日本に引き揚げて来ているはずである。それだけに『霜琳』にも、戦争にまつわる作品が何句か混じっている。その中でも私が関心を持つ句には、冒頭で取り上げた「ラーゲリ」の他に

広 島 の 音 の 一 つ や か き 氷

の句がある。お八つのない戦中の子供は、夏、かき氷かアイスキャンデーをもっぱら食べた。特にかき氷は、機械の上に氷を置き、右手に付いた握り手を回しながら掻くものと、もう一つは大きな鉋の上に置いた四角い氷の塊をすべらせて掻くものと二種類があった。どちらもシュッ、シュッという音と共に、下の硝子の器にかき氷が溜まっていく。

そんな粗末なものを食べている頃の八月六日に広島に原子爆弾が落とされた。日高さんにとっては、かき氷を削る音と原爆の投下のイメージが重なるのであろう。昭和三、四十年代に出た歳時記の原爆の例句は、どれも強過ぎて呟きたくないものばかりだが、それは原爆投下から年月が短く、

どの句も表現が露骨で感情があらわだったからかも知れない。その点、日高さんの「広島の音」は怒りや情感が沈潜していて人の心を打つのだろうと私なりに思っている。

＊

『霜琳』の一冊を読み終えて私は、受け売りだが、日高さんに贈りたい言葉が一つある。私の第六句集『会景』の言葉を拾った中国の雑学書『菜根譚』からの一文である。表記は岩波文庫版の今井宇三郎氏の訳から引用させてもらった。

心はいつも空虚にしておかねばならぬ。空虚であれば、道理が自然に入ってくる。また、心はいつも充実しておかねばならぬ。充実しておれば、物欲がはいる余地はない。

＊

この「序にかえて」に引用しきれなかった『霜琳』の秀吟を以下に抽いてお祝いとしたい。

寒木瓜の人悲します色なりし
風花や若狭の海の匂ひして
妙の字の多き寺町豆の花
盆唄の節のささくれ島暮れて
白山の風聞きに来よ川蜻蛉
玫瑰やひかりかへせるものあまた
初山河国来国来のこゑ空に
飛魚《あご》干してどの子も裔の切支丹
夏河の明けゆくハリー・ベラフォンテ
遠き世の蹄のひびき初氷
雪積みて業といふもののどの家も

梟やときをり鏡くもらしめ
麦秋といふ少年の日の匂ひ
大文字グラスの氷鳴りにけり
瓢箪のくびれ一向衆のこゝろ
鯉幟舟引き歌をうたふごと
夜間飛行青水無月の列島へ
くにひきの山裾に組む稲架いくつ
桜咲く列島すこし膨らみて

平成二十九年四月一日

目次

霜琳

日高俊平太句集

第一章 切支丹

一三〇句

返り花学芸会のころのごと

ぴしと杉ぱんと竹爆ぜ歳の神

寒木瓜の人悲しますず色なりし

山法師咲くギャラリーの休館日

立葵物干しに出て妻の声

浮塵子《うんか》湧き出雲阿國発つ朝

刈り込まれお洒落プードル秋の霜

黄落や江戸組紐の店出づる

ボルシチに赤蕪租界あかあかと
銀杏散るタンゴの出だし足すりて

マスク百咳き二百歌舞伎待つ

雪になるひとひら鳰のうみのうへ

着膨れの上にリュックや五能線

冬菜ぬく土の零るるしめりかな

風花や若狭の海の匂ひして

ゴムのばすこともリハビリ福寿草

暁闇の雨水なりけり永平寺

粉雪や手提げ袋に歎異抄

色紙よりはみ出す兜太寒の明け

霜くすべ夜々匂ひけり高嶺星

老残といふこと桜咲くたびに

花莫蓙や立てば校長脚長き

馬革の手提げの傷や桜の実

妙の字の多き寺町豆の花

鐘楼の脇に寄せ墓花は葉に

六月の地下鉄樺美智子の忌

夏座敷とほくに風の揺れ見ゆる
あまだれの花園神社からすの子

盆唄の節のささくれ島暮れて

夕顔やむかし僧兵力石

竹伐りて半分見ゆる天守閣

教会に焚火の匂ひ歌声も

寒月のさして机のインク壺

晩年の音するやうに初氷

芝居跳ねみゆき通りの雪なりし
霜の夜のいくつ鳴りしか掛時計

三汀忌眼張の煮付け匂ひもす

狐火やふだんのままに寺男

もがり笛塔のまはりの鹿の数

群水仙遠島の刑ありしとき

鉄の音火の色寒明けの工場

啓蟄や耳ひっぱって猫鳴かす

春雨や銀の自転車たたまれて

放哉と猫一匹のほか桜

校庭にカレーの匂ひ卒業す

目には青葉裸見らるるここちして

花みづきアテネ・フランセ新学期

椿寿忌や男の踊るフラメンコ

石鹼の匂ふ八十八夜の子

春の雪妻に眉描く間のありて

棉の花母の繕ふもの多し

南風や山羊のこゑして船着場

みんなみへ子供遍路も杖つきて

この旅も支度要らずよ山法師

梅雨明けや香辛料の壜並ぶ

而《しかう》して筍抱へバスの中

桜木の蛇の衣さへ亡父のもの

あさがほの紺も形見の文机も

白山の風聞きに来よ川蜻蛉

柵に拠る少年茱萸に舌染めて

月見草前世に残されしごとく

もののふに懐紙てふものの一位の実

組み上がる祭提灯芝大門

骨拾ふさんさ時雨の手のやうに

説法の辻の紫式部の実

木の実落つ石見の音と憶えけり

みそさざいクロワッサンの焼き上がる

十 二 月 出 雲 の 紙 を 掌 に

胡蝶蘭二鉢ならぶ初昔

万愚節ふたこぶ駱駝老いにけり

葉桜やふとん担ぎて北寮へ

耳たぶのやうなパスタと卒業子

わが墓よコップにさしてゆり一本

海見ると祈るほかなし更衣

歌多き葬りなりけり花馬酔木

汽車の名に八雲・白兎や霾れる

礼文島より母の日の雲丹イクラ

金星や筍飯の炊きあがり

万緑や仔山羊がはねて子が泣いて

ひまはりや美容師たちの昼休み

玫瑰やひかりかへせるものあまた

蟻の列方丈に沿ふ昼読経

蚊喰鳥橋も寺院も影なして
水軍の島曝しけり大西日

長崎忌こよなく星を降らしめよ

終戦忌席ゆづられてバスにあり

木の国より電話蟬まだ鳴いてゐる

かんたんな父の戒名松の芯

菜の花やインカの暦伝はらず

秋の滝神に男と女あり

熱すぎる朝湯なりけり牧水忌

こゑ裏返るやうにかな秋蛍

重陽や文献付して脱稿せる

さざんかに酢こんぶ匂ふ誰かしら

あけぼのやまづ水仙の六畳間

年暮るるはやさ外輪山のうち

初山河国来国来のころ空に

竹騒のしきり大原雑魚寝かな

男みな鐘をつきたし町に雪

冬空へ斜めに直ぐに孟宗竹

山眠る三浦一族比企一族

飛魚《あご》干してどの子も嵛の切支丹

黄沙降るじやがたら文の墨のいろ

光陰や水の地球のふきのたう

委ぬるといふこと豆の花咲きて

花明り白山上と下にかな

さへづりや酒場の幟川に沿ひ
蝌蚪に足お地蔵さんに前掛けを

葉桜や渋谷スペイン坂の猫

アカシアの雨があがれば六・一五

日雷書架の秀雄と徹太郎

半夏雨八丁味噌の匂ひけり

広島忌雀のひろふパンの屑

嘶きや北国街道夏に入る

白雨来ぬ薬草園に修道女

鐘降るや泰山木の美術館

長崎の坂に適ひし金魚売

夏河の明けゆくハリー・ベラフォンテ

かき氷妻なしにして大頭

青夕立大川端に住みなして

これやこのつるむらさきにすべりひゆ

押して引く櫂の撓みや紅葉鮒

添水鳴る蛙いきいき鳥獣画

夜の雁フランチェスカの鐘の歌

冬の虹百葉箱の針ゆれて

冬の山かへりは弓手《ゆんで》側に見し

冬の猫洛中洛外図のきはに

雪国の祭はじめの夕茜

グレゴリオ聖歌寒夜の男たち

遠き世の蹄のひびき初氷

第二章　白日傘

四六句

筬《をさ》音の染みたる山家冬日さす

豆撒くや埃の浮きし銀眼鏡

雪積みて業といふものどの家も
厩出し移動図書館楽鳴らし

花冷えや種馬の綱引く力

海見えてオムレツ焼いて沖縄忌

炎天や厩の脇に刃物研ぎ

昼すぎの鼓誰がうつ終戦忌

梅干や兵隊さんのゐないくに

コロンバンまへみづたまの夏衣

月待ちのラーゲリに遺書そらんじて
端居して手話ダーリンといふことば

ししたうとちりめんじやこの炊いたんを
梟やときをり鏡くもらしめ

寒立馬冬の虹より降り立ちし

子規のごと食ふべし喜寿の冬帽子

バスをまつメンタム社まへ春手套

三月や牛乳を注ぐ絵の女

鳥の恋御堂の扉閉ぢしまま

遠雷や仁和寺に紙魚はしるよべ

雪形の馬遙かなり親不知

麦秋といふ少年の日の匂ひ

産土の千木の影伸ぶ豆の花

あぢさゐや書道教室はじめます

横丁に志士の名いくつ青蜥蜴

鶯の復習ひ鳴きして萩城下

守宮出でよムーンリバーの唄流る

哲学の道低う飛べ松毟鳥

大文字グラスの氷鳴りにけり

砂丘ほろほろ連山は雪の空

春節や漏斗で移す甕黒酢

西域の壺の文様二月尽

啄木忌指もてさぐる剃り残し

ゆふづつに太くなりたる蝌蚪の紐

初つばめラジオに無着さんのころ

朧夜の遠き己の見ゆるまで

ありがたう竹の皮脱ぐやうにかな

空動く今年竹みな撓ませて

影ひとつとはに過ぎゆく白日傘

広島の音の一つやかき氷

さみだれや兎抱へて園児たち

紙芝居来よ目黒川夏はじめ

悪友といふ蚕豆のごときもの
蓑虫へ間遠になりぬ夜泣き子よ

北風吹いて魚のやうにわが背骨

光堂脇三尺の蟻地獄

第三章

冬星座

七〇句

瓢箪のくびれ一向衆のころ

おやつです隷書のやうな冬籠

大山の昏るる白花さるすべり

白烏賊の風干し秋の祭くる

ひぐらしやどの子も母に呼ばれゐる

盆踊影の遅れて動きけり

にしひがし兜太澄雄の曼珠沙華

流刑地の地球に生まれ春の月

新嘗祭ながすねひこの蹲る

神還るすなはち妻の誕生日

冬帽子ムッソリーニの料理番

数へ日の一つ暮れたり日本橋

山眠る臍《へそ》のごとくに中学校

冬至梅研究棟の影とあり

松過ぎの日のうすうすと五平餅

草田男のいま冬の水まのあたり

太陽も風も力やふきのたう

手話の手のことに大仰雪解川

春雨もこんなどしやぶり百葉箱

白魚《しろうを》のひかり啜れり平家琵琶

ふくしま忌地中の蟬の時間《とき》おもふ

春月の色くゆらせてニコライ堂

空の端すこし濁りぬ枇杷の花

鯉幟舟引き歌をうたふごと

寝て猫の腹の波打つ麦の秋

天平の八十八夜たたら吹く

かたくりの花群るる谷地図になき

夜間飛行青水無月の列島へ

音のせて祭の風や隅田川

夏草や塩の手ねぶる牛の舌

日雷少年の腋湿りたり

柚子あをし県庁南密語《ささやき》橋

一舟の影動かざる盆の海

みんみんや太極拳の手速むる

空蟬のかたち祈りは空とほく
くにひきの山裾に組む稲架いくつ

人麻呂の石見や雨に赤まんま

夜の秋弁天橋に汐にほふ

涼新た白色レグホンの卵

虫売や谷中銀座に赤子泣く

七夕や稗田阿礼の誦《じゅ》するこゑ

掌にラジオ八月十五日

雲の峰あだ名で父を呼びし母

伝説のセロ弾き夏の河更けて

海中《わたなか》に酒酌むごとし秋ついり

あさくさや蝶浮く宙も秋の風

地球まろし秋風のバス渋谷行

枝打ちの樟落ちきたる大路かな

産声の厩戸皇子オリオンへ

留年やイルカが唄ふ「なごり雪」

パン焼き上がる初冬の手風琴

ヒト老いてカナリヤを飼ふ冬星座

神の留守毬つく少女目の碧き

新体操復習ふイザベラ風花す

聖樹への一本道の赤じゅうたん

熱燗や非時《ときじく》の雷なほ去らず

雪しまく津軽びいどろ神酔へる
梟の餌買ふをんな京暮れて

雪景色死者一眠りから覚めて
ゆづりはのあを天皇の白髪いま

ねぎ焼きて修道院の黒ビール

朝日さす虫くひの穴柿もみぢ

冬の菊わが墓誌銘を読むこころ

厚氷雀らのこゑ跳ねもして

春隣道に写りて犬の紐

陰膳や矮鶏《ちゃぼ》のこゑある冬の朝

なやらひや煮魚の骨乱れなく

野菊摘む十三歳の目にちから

桜咲く列島すこし膨らみて
ひまはりの芯焦げ牛の長鳴ける

あとがき

本句集「霜琳」は、句集「簸川」、俳句評論「間の文芸・俳句表現の不思議」に継ぐ、私の三冊目の俳句関連の著作であります。

第一章（切支丹）は「會津」誌の平成二十一年二月号から終刊（平成二十六年三月号）までの作品、第二章（白日傘）は「航」誌の創刊（平成二十六年五月号）から平成二十八年三月号までの作品、第三章（冬星座）はそれ以降の作品から選んだものです。収載作品の選にあたりましては、「航」主宰、榎本好宏先生に多大の時間を費やしていただきました。また、俳人協会の二冠（俳人協会賞と評論賞）を受賞された先生による懇切な序文を賜りましたことは、私にとって過ぎたる栄誉であり、忘れ得ぬ句集になったと感じています。心より感謝申し上げます。

俳句の題材と表現については、いろいろな主義・主張がありますが、「之を知る者は、之を好む者に如かず。之を好む者は、之を楽しむ者に如かず。」の言葉どおり、俳句を楽しむ気持ちを中心に、今後も俳句に接して行きたいと思います。

平成二十九年三月　　七十六歳の誕生日を迎えて　　日高俊平太

著者略歴

日高 俊平太（ひだか・しゅんぺいた）　本名・俊三

昭和16年、鹿児島に生まる。
生後まもなく天津へ渡り終戦により帰国、小学1年までを桜島で過ごす。小学2年より高校卒業までは島根の出雲・石見地方に暮らす。

平成11年1月より15年8月まで、「鷹」に所属
平成14年4月より現在まで、榎本好宏先生の句会に参加
平成17年4月より終刊（平成26年3月）まで、「會津」に所属
平成26年5月、「航」創刊に参加、航同人

平成21年9月、第一句集「簸川」（角川書店）刊行
平成25年6月、「間の文芸　俳句表現の不思議」（文芸社）刊行

俳人協会会員

現住所　〒150-0013　東京都渋谷区恵比寿3-11-7-603

句集
霜琳《そうりん》

二〇一七年五月二六日　初版　発行
著　者　日高俊平太
監　修　榎本好宏
発行者　小口卓也
発行所　樹芸書房
〒一八六-〇〇一五
東京都国立市矢川三-三-一二
電話・FAX　〇四二(五七七)二七三八
編集・装幀　航出版
印刷所　明誠企画

ISBN 978-4-915245-68-8
定価は裏表紙に表示してあります。